Marielle Tremblay

Une chaude
journée d'été

ROMAN

Illustrations
Marc Bruneau

Coloration
Christophe Frenette-Cotton

D1324102

**Catalogage avant publication
de Bibliothèque et Archives Canada**

Tremblay, Marielle, 1956-
Une chaude journée d'été
Pour enfants de 8 ans et plus.

ISBN 978-1-55327-334-9
Dépôt légal 3e trimestre 2006
Bibliothèque nationale du Québec
Bibliothèque nationale du Canada

I. Bruneau, Marc, 1973-   . II. Titre.

PS8639.R453C52 2006   jC843'.6 C2006-941032-1
PS9639.R453C52 2006

© 2006, Les Éditions Scolartek inc.
1050, 15e Rue, Grand-Mère (Québec) G9T 3W5
Téléphone : (819) 533-4845
Télécopieur : (819) 533-7000
Visitez notre site Internet : www.scolartek.com
Courriel : scolartek@scolartek.com

Aux amis qui,
par la chaleur de leur regard,
nous font nous sentir bien vivants.

Chapitre 1

Madeleine

Jamais Madeleine ne pourra oublier cette chaude journée d'été du mois de juillet 1955. Lorsqu'elle était enfant, le pique-nique organisé chaque année par son oncle Arthur, propriétaire de la quincaillerie Labonté, était la seule tradition familiale qui ne lui déplaisait pas totalement.

La veille, on avait annoncé le début d'une vague de chaleur, mais seul un ouragan, plutôt improbable dans Charlevoix, aurait pu empêcher l'oncle de Madeleine de conduire la famille jusqu'au cap Martin. Ce matin-là, Arthur fut le premier à quitter le confort de ses draps, aussi excité qu'un enfant le soir du réveillon.

Il franchit le seuil de son domicile, accompagné du chant matinal des oiseaux, et se dirigea vers le hangar situé à l'arrière de la quincaillerie. Il en ressortit quelques minutes plus tard, sifflotant et tirant derrière lui la grande remorque qui servait à livrer les marchandises.

Il la débarrassa de tous les débris accumulés depuis le dernier pique-nique. Il alla ensuite dans le garage et sortit sa jeep rouge. Il mettait tellement d'heures à la polir qu'elle brillait de mille feux au soleil.

Au moment du départ, tous les membres de la famille s'étaient entassés dans la remorque parmi tout le bric-à-brac habituel que nécessite un tel événement. Madeleine, blottie dans son coin, observait tous ces gens qui ne cessaient de s'agiter : son père et sa mère; ses oncles et ses tantes du côté des Labonté; ses cousins et cousines, trop jeunes ou trop vieux pour jouer avec elle; son frère aîné, Laurent, et l'éternel complice de celui-ci, le beau Rémi; et, bien sûr, le bébé de la famille,

Anne, sa petite sœur de deux ans, celle qui suscitait l'intérêt et attirait tous les regards.

Les passagers s'agrippaient comme ils pouvaient, bien souvent à leur plus proche voisin. Ils étaient ballottés en tous sens sur le chemin de terre cahoteux qui menait jusqu'au fleuve. Les vaches, occupées à mâchouiller les foins fous qui s'étalaient à perte de vue dans l'immense champ de M. Zoël, levèrent la tête un court instant pour regarder passer cet étrange équipage. Comme des bulles légères et sans aucune raison apparente, les rires éclataient spontanément dans la lourdeur de l'air. Les Labonté semblaient pour le moment avoir oublié leurs vieilles rivalités - des histoires de jalousie qui venaient du temps de leur enfance et qui surgissaient à l'occasion, au gré de leur humeur.

Engourdie par la chaleur et le ronronnement du moteur, et bercée par le mouvement de la remorque, Madeleine commençait à s'assoupir lorsqu'elle entendit crier son oncle.

- Allez! Tout le monde descend! La pente est trop à pic ici. On ne sait jamais. On pourrait manquer de frein, hurla-t-il en essayant de couvrir à la fois le bruit du moteur et les voix surexcitées des passagers.

- Voyons Arthur, tu exagères. Je suis sûr que la jeep est en parfait état, protesta Gaston, le père de Madeleine, tentant de convaincre son frère qu'il n'y avait aucun danger. Tu l'as amenée au garage pour une vérification, il n'y a pas si longtemps, il me semble.

- Je ne veux courir aucun risque. Tu sais bien qu'il y a déjà eu des accidents dans cette côte. Je n'ai pas envie que tous les membres de cette famille périssent en même temps. Allez descendez! De toute façon, c'est moi qui décide, ajouta-t-il.

Arthur, une fois délesté de ses passagers, amorça la descente avec une extrême prudence, tout en jetant un coup d'œil de temps en temps par-dessus son épaule. Il semblait prendre plaisir à les voir courir derrière la jeep rouge. Certains, d'ailleurs, dévalaient les derniers mètres beaucoup plus rapidement qu'ils ne l'auraient souhaité, emportés par leur élan.

Une fois en bas de la pente, Arthur, taquin, réduisit à peine sa vitesse, obligeant ainsi les membres de sa famille à rattraper la jeep en marche. Les premiers qui réussirent à sauter dans la remorque se penchèrent pour hisser les plus lents à l'intérieur.

- Allez Madeleine, grimpe, lui cria Laurent en lui tendant une main secourable.

Au moment où Madeleine réussit à attraper le bout de ses doigts, il les retira. Dans son élan, elle faillit perdre l'équilibre. Jean-Paul, le plus vieux des cousins, si sage et si attentionné, la saisit au vol et la fit asseoir le plus loin possible de son frère pour éviter que les deux enfants ne se chamaillent une fois de plus.

Laurent souriait d'un air béat, satisfait d'avoir eu l'occasion de démontrer la supériorité de ses quatorze ans sous le regard silencieux de Rémi qui, même s'il n'approuvait pas son ami, le contredisait rarement. Quant à Madeleine, qui détestait qu'on se moque d'elle, elle était furieuse.

On disait qu'elle était douce et réservée. Pourtant, elle avait du caractère et ne se laissait pas faire, surtout lorsqu'elle se sentait mise de côté. Ce qui arrivait trop souvent à son goût. Ses yeux, qui étaient la plupart du temps d'un bleu éclatant, tel l'océan au soleil, pouvaient s'assombrir et se teinter de gris aussi vite que la tempête surgit du large. Laurent avait compris depuis longtemps combien sa sœur était vulnérable et il savait comment faire apparaître des éclairs dans le regard de celle-ci.

Chapitre 2

Les malheurs de Madeleine

Toute cette agitation terminée, le calme se rétablit peu à peu. Après avoir franchi un boisé et une clairière, Arthur immobilisa la jeep. Impossible de continuer de toute façon! La route s'arrêtait là. Devant eux, s'étalait le chemin de fer qui longeait le fleuve. Arthur n'avait plus qu'à reculer et garer les deux véhicules près d'un bosquet.

Écrasés par la chaleur, les Labonté sortirent doucement de leur torpeur, attrapèrent l'attirail qu'ils avaient emporté et le trimballèrent à travers les rails et les rochers entassés le long du chemin de fer. Tous les bras furent mis à contribution, même ceux des plus petits. Heureusement, des madriers de bois leur permettaient de traverser plus aisément la voie ferrée.

Cette plage de galets n'avait rien à voir avec les grandes étendues de sable mielleux que l'on trouve dans d'autres régions, mais c'était l'endroit idéal pour pique-niquer en toute intimité. Grands et petits s'agitèrent un moment, pressés d'occuper les lieux, chacun étalant ici et là une couverture ou une serviette pour bien délimiter son emplacement.

La plupart décidèrent ensuite d'aller se rafraîchir, même s'ils savaient que cette eau n'était pas des plus accueillantes. D'ailleurs, plusieurs d'entre eux ne réussirent qu'à barboter timidement, saisis par le froid mordant qui leur glaçait les pieds. Malheureusement pour Madeleine, qui adorait l'eau, la baignade fut de courte durée.

Sur la terre ferme, elle n'avait pas la même aisance et se sentait vite mal à l'aise. Elle était comme un bloc dépareillé qui semble ne vouloir s'ajuster à aucun élément de l'ensemble. L'entrain qu'elle avait connu au moment du départ avait déjà disparu et un malaise, qui lui était bien familier, commençait à s'installer.

Sans trop d'espoir, elle fit une tentative pour s'intégrer aux jeux de son frère, mais Laurent se montra nullement intéressé par sa sœur et il ne se gêna pas pour le lui dire :

- Tu es trop jeune, Mademoiselle Porc-épic, lui lança-t-il en la rejetant comme une vieille chaussette. Va donc t'amuser avec tes cousines ou avec Anne.

- Mes cousines, elles sont trop jeunes ou trop vieilles, et de toute façon elles ne s'intéressent pas à moi, lui cria Madeleine, réagissant vivement à son insulte. Et ma sœur, c'est un bébé. Qu'est-ce que tu veux que je fasse avec une enfant de deux ans ?

- Ce n'est pas mon problème, lui répondit Laurent. Viens Rémi. On va construire un radeau. Il y a plein de morceaux de bois échoués sur la plage, ajouta-t-il en abandonnant Madeleine à son triste sort.

Laurent se sentait souvent exaspéré par sa sœur. « C'est une vraie tache! se disait-il. Et en plus, quel caractère!» Véritable maître dans l'art de la taquinerie, il avait misé dans le mille le jour où il avait inventé ce surnom. Chaque fois qu'il lançait cette insulte, Madeleine montait sur ses grands chevaux.

La plupart du temps, il en riait. Mais parfois, quand il la regardait s'éloigner la tête basse, venant encore une fois d'essuyer ses moqueries, il lui arrivait d'entendre une petite voix qui lui chuchotait «pauvre petite», surtout lorsqu'il croisait le regard réprobateur de Rémi. Mais comme son ami ne disait jamais rien, Laurent haussait bien vite les épaules et continuait ses activités.

Après un certain temps, Laurent, sans prendre la peine de consulter Rémi, laissa tomber la construction du radeau et alla trouver son oncle Arthur pour quémander un cours de conduite. Depuis quelques mois, son parrain avait commencé à lui apprendre à conduire la jeep dans le stationnement arrière de la quincaillerie et dans les chemins de tracteurs qui sillonnaient les champs surplombant le fleuve.

Arthur ne se fit pas prier longtemps. Il en avait assez de se faire cuire au soleil. Ils se rendirent tous les trois dans la clairière où étaient garés les deux véhicules. Ils décrochèrent la remorque pour que Laurent puisse s'exercer plus facilement. Son oncle lui montra à reculer, puis à embrayer en douceur.

Après plusieurs allers et retours entre le chemin de fer et le boisé, Laurent commença à trouver la leçon monotone. Son esprit se mit à vagabonder et ne tarda pas à l'entraîner dans des aventures palpitantes où il était le héros. Comme par hasard, dans son histoire, il se trouvait au volant de la jeep en train de poursuivre un voleur sur la voie ferrée.

- Est-ce qu'on pourrait circuler là-dessus? demanda-t-il à son oncle en pointant les rails qui se trouvaient devant eux.

- Allons donc Laurent! Quel drôle d'idée! Mais pourquoi voudrais-tu circuler sur la voie ferrée? lui répondit son oncle, étonné par cette demande et un peu inquiet, lui qui connaissait trop bien la témérité de son neveu. Arrête tout de suite! ordonna-t-il. Il est temps d'avoir une petite discussion toi et moi.

- Pas besoin de t'énerver, voyons. Je me posais la question, c'est tout... répliqua Laurent en freinant brutalement, manquant ainsi de faire caler le moteur. Je me demandais comment se comporterait la jeep sur une surface aussi accidentée.

L'oncle Arthur, persuadé secrètement que son véhicule pouvait réaliser de grandes performances, n'eut aucune difficulté à entrer dans le jeu de son neveu.

- Je crois que ça serait possible, en effet, lui dit-il. Tu vois la plate-forme qui sert de traverse de piétons? On pourrait engager la jeep sur celle-ci, puis braquer les roues sur les madriers de façon à les rendre parallèles à la voie ferrée. Évidemment, je ne peux rien te garantir. Je n'ai jamais fait ce genre de chose. Je n'y ai même jamais songé, moi.

- Pourtant, ça pourrait être amusant de se rendre au village de Saint-Joseph-de-la-Rive en roulant sur la voie ferrée. Imagine! Ce serait tellement plus rapide que de faire le trajet à pied. C'est dommage qu'il n'y ait aucune route le long de la rive, à part celle du train.

- Tant qu'à y être, pourquoi ne pas te rendre dans la direction opposée et traverser le tunnel?

ajouta oncle Arthur qui se moquait de Laurent tellement il trouvait son idée insensée.

Chapitre 3

Les frustrations s'accumulent

Madeleine, qui les épiait depuis le début du cours, sentait grandir en elle, ce qui n'avait d'abord été qu'un léger pincement au cœur, un immense sentiment de frustration. Elle aurait tellement aimé faire partie de la vie de son frère et se trouver, elle aussi, à l'arrière de la jeep, à côté de Rémi. Elle aurait tellement souhaité participer à ses jeux, même les plus dangereux.

Elle savait qu'ils faisaient parfois des choses défendues. Elle les avait déjà vus. La première année où les deux garçons s'étaient risqués sur la voie ferrée, Madeleine les surveillait de loin. Au moment où ils s'apprêtaient à franchir le tunnel aménagé dans le roc du cap Martin, elle les avait interpellés pour leur faire la leçon du haut de ses huit ans.

- Je vous ai vus. Vous n'avez pas le droit de vous promener là-dessus. C'est dangereux! leur criait-elle en courant vers eux, fière de les avoir pris en défaut.

- Du calme, Mademoiselle Porc-épic! Nous sommes assez vieux pour savoir ce que nous faisons. Ce n'est pas si dangereux et, surtout, ce n'est pas de tes affaires! lui avait répliqué Laurent en lui tournant le dos.

Il en avait plus qu'assez de supporter les éternelles remarques de sa sœur. Pourquoi n'allait-elle pas « jouer avec les filles » ?

Si Madeleine les observait encore cette année, c'était dans l'espoir d'aller de l'autre côté du cap, comme l'an dernier. En effet, Rémi, trop malade, n'avait pu venir au pique-nique, et Laurent, esseulé, avait accepté d'entraîner Madeleine dans ses expéditions. Une fois le tunnel franchi, elle avait adoré chaque instant passé avec lui à escalader les immenses rochers fouettés par les vagues.

Même si elle s'était montrée brave et ne s'était jamais plainte, sauf durant le court moment où elle avait été saisie de frayeur dans le tunnel, Laurent ne voulait plus d'elle cette année puisqu'il avait son cher Rémi.

Tout en continuant à les épier, et pour ne pas éveiller leurs soupçons, elle se rapprocha des autres membres de la famille. Elle s'intéressa un certain temps aux bavardages de ses tantes et de sa mère. Lasse de se sentir invisible, elle se déchaussa et partit se balader sagement sur les roches en prenant soin de ne pas perdre de vue les deux garçons qui avaient repris leur occupation précédente.

Laurent, qui avait remarqué le manège de sa sœur, se tourna vers son ami occupé à ramasser un morceau de bois poli par la mer.

- Écoute Rémi. Nous allons changer nos plans. Nous n'irons

pas de l'autre côté cette année. Madeleine nous surveille de trop près. Je suis sûr qu'elle mijote quelque chose.

- Qu'est-ce que tu as l'intention de faire? lui demanda Rémi.

- Écoute-moi bien! Après le souper, nous allons nous diriger lentement vers le cap Martin comme d'habitude. Nous profiterons d'un moment d'inattention de sa part pour nous cacher derrière un rocher. Ne nous voyant plus, elle pensera que nous sommes à l'intérieur du tunnel et voudra sûrement nous suivre. Alors, quand elle entrera dans celui-ci, nous n'aurons plus qu'à partir dans la direction opposée et aller vers le village.

- C'est dommage. J'aurais bien aimé me rendre de l'autre côté du cap comme d'habitude, soupira Rémi. Surtout que je n'ai pas eu l'occasion d'y aller l'été passé.

- Moi aussi, mais c'est la seule façon d'avoir la paix.

- Mais peut-être qu'on pourrait la laisser venir avec nous? osa suggérer Rémi.

- Pas question! C'est une fille. Elle va tout gâcher! trancha Laurent.

- C'est peut-être une fille, mais elle ne s'est jamais plainte les rares fois où elle a joué avec nous, lui répondit Rémi en prenant pour la première fois de sa vie la défense de Madeleine contre un Laurent encore injuste envers sa sœur.

- Oublie ça, OK? Moi, je n'ai vraiment pas envie de traîner ma sœur partout. Si tu préfères jouer avec elle, vas-y. Je ne te retiens pas, lui lança Laurent avec dédain.

Bien sûr, Rémi n'en fit rien, et les deux amis continuèrent à essayer de construire quelque chose qui finirait peut-être par ressembler à un radeau.

Lasse de les surveiller et se sentant épiée à son tour, Madeleine revint sur ses pas et s'approcha à nouveau du clan des Labonté sans s'intégrer à eux. Elle ne se sentait pas à l'aise au milieu d'un groupe de plus de deux ou trois personnes. Elle préféra rester en retrait et se percher sur la plus grosse roche pour les observer. Soudain, une pensée peu agréable envahit son être, et son cœur se glaça. Elle était persuadée que si elle devait disparaître à l'instant même, personne ne s'en apercevrait.

- Madeleine, viens souper! cria alors sa mère, l'obligeant à sortir du malheur qu'elle venait de se forger.

Après tout, elle n'était peut-être pas aussi invisible qu'elle le croyait...

Chapitre 4

Madeleine passe à l'action

Au moment où Madeleine se décida enfin à se joindre aux autres, tous étaient occupés à se trouver un petit coin sur les couvertures étalées pour l'occasion, chacun jonglant tant bien que mal avec son assiette. Anne cherchait sans cesse à grimper sur les genoux de Madeleine qui, de son côté, tentait encore une fois d'attirer l'attention de son frère et de Rémi.

- Qu'est-ce que vous faites après le souper? leur demanda

Madeleine, entre deux bouchées, dans une ultime démarche de rapprochement.

- Peut-être que nous irons de l'autre côté du tunnel, répondit Laurent en jetant un coup d'œil de connivence à Rémi.

- Et moi? dit-elle d'un ton brusque. Je fais quoi, moi? s'indigna-t-elle en sachant très bien qu'elle perdait son temps.

- Je t'avertis, Mademoiselle Porc-épic, n'essaie surtout pas de nous suivre, lui lança-t-il de son ton le plus dur afin de l'intimider et ainsi la dissuader de faire la moindre tentative.

Le timbre de voix de Laurent, qui était devenu plus grave depuis quelque temps, impressionna tellement Madeleine qu'elle cessa de répliquer. Elle savait de toute façon qu'ils n'accepteraient jamais de leur plein gré sa compagnie. C'est pourquoi elle avait élaboré un plan. Elle allait les suivre à leur insu. Une fois qu'elle aurait franchi le tunnel, il serait difficile pour eux de la ramener auprès des autres sans trahir leur secret.

Après le souper, Madeleine aida à ramasser du bois pour le feu de camp traditionnel. Il y en avait partout sur la grève, mais il fallait choisir le plus sec. Quand on jugea la pile assez haute, on s'installa autour des bûches qui venaient d'être allumées. Commença alors le moment que Madeleine détestait par-dessus tout dans ce genre de rassemblement, celui où chacun cherchait à faire le clown ou à raconter la meilleure anecdote du siècle. Dans ces circonstances, Madeleine se sentait mal à l'aise et elle était l'une des rares à ne pas participer à la conversation. Même sa petite sœur, encouragée par ses parents, réussissait à se faire entendre, balbutiant des phrases que personne ne comprenait vraiment, mais qui arrachaient à tous des éclats de rire.

Elle aurait bien voulu avoir la même aisance que ses cousines, mais elle ne savait jamais quoi dire. Pourtant, l'envie ne lui manquait pas de voler la vedette à son tour. Comme elle aurait aimé connaître un instant de gloire elle aussi. Mais elle passait pour la silencieuse, la timide et, pire encore, pour celle qui n'avait jamais rien à dire et qui, par le fait même, n'intéressait personne. Au fil des ans, elle avait réussi à acquérir, elle ne savait trop comment, cette réputation et il lui était devenu impossible de s'en défaire.

Madeleine fut tirée de sa mélancolie par deux déplacements suspects. Laurent et Rémi semblaient vouloir s'éclipser en douceur. Elle s'apprêtait à les suivre quand Anne lui tendit une guimauve. Mal fixée sur sa branche, cette chose collante atterrit sur les genoux de Madeleine. Penchant la tête pour retirer cette saleté, elle rata le moment exact où Laurent et Rémi s'accroupirent derrière les rochers.

Quand elle se rendit compte qu'elle ne les voyait plus, elle se mit à crier contre sa sœur. Profitant de l'émoi suscité par les pleurs de celle-ci, elle décida de rejoindre les garçons dans le tunnel, convaincue qu'ils se cachaient à l'intérieur. Où pouvaient-ils être sinon? Il y a à peine quelques instants, ne les avait-elle pas aperçus en train de se diriger vers cet endroit? Aussitôt que la noirceur du tunnel l'enveloppa, elle se figea, exactement comme l'année précédente, et une pensée terrifiante lui vint à l'esprit: «Et si l'horaire du train avait changé?»

S'obligeant à avancer, elle s'efforçait de poser les pieds au bon endroit. Ce n'était pas le temps de trébucher ou de se fouler une cheville. Elle n'avait pas du tout envie de rester coincée dans cette sombre caverne. Soudain, une vibration se fit sentir.

- «Mon Dieu! le train!» pensa Madeleine, convaincue qu'elle allait se faire écraser.

Paniquée, elle se mit à courir à toutes jambes dans la longue courbe qu'il lui restait à franchir avant d'arriver au bout du tunnel. Elle perdit pied un instant, puis retrouva son équilibre au moment où elle aperçut la lueur qui indiquait enfin la sortie. Alors qu'elle s'apprêtait à enjamber le rail pour se mettre hors de portée du train, elle dérapa dans les cailloux entassés à droite de la voie ferrée. Emportée par son élan, elle roula dans le fossé et sa tête heurta lourdement le sol.

Chapitre 5

Un tout autre monde

Quand Madeleine ouvrit les yeux, elle fut bien incapable de voir quoi que ce soit, puisqu'elle se trouvait allongée à plat ventre, face contre terre. Étourdie par sa chute, elle tenta doucement de reprendre ses esprits. Le dernier souvenir qui lui venait en mémoire, c'était d'avoir couru droit devant elle. Logiquement, elle devait donc se trouver de l'autre côté du tunnel. Pourtant, lorsqu'elle leva la tête, elle ne reconnut rien du paysage qu'elle avait vu l'année précédente.

Madeleine se redressa pour mieux examiner cet endroit inconnu : aucune roche fouettée par les vagues, mais une plage blonde s'étendant à perte de vue. Des maisons aux couleurs vives se dressaient, toutes pimpantes, et semblaient sortir tout droit d'un tableau illustrant un village de pêcheurs.

Tout à fait décontenancée et ne sachant pas du tout où elle se trouvait, Madeleine s'assit et se tourna vers le tunnel, à la recherche d'éléments familiers. Quelle ne fut pas sa surprise de constater qu'il n'y avait plus aucune trace de l'ouverture creusée dans la paroi rocheuse du

cap Martin. Il y avait bien un énorme roc, mais plus de trou noir ni de voie ferrée.

Avec horreur, elle réalisa qu'elle n'avait aucun moyen de rejoindre les siens. Contourner le cap semblait impossible étant donné que la plage s'arrêtait brusquement à cet endroit et que les rochers, qui paraissaient bien infranchissables, s'avançaient loin dans le fleuve. Elle se retrouvait tout simplement face à une barrière naturelle qu'elle ne pouvait contourner qu'en nageant au large, dans une eau profonde et glacée. « Mais que s'est-il passé? Comment ai-je bien pu aboutir ici? » se demanda Madeleine.

Elle observa à nouveau les jolies maisons aux teintes vives qui s'alignaient le long de la plage. Chacune avait une couleur différente. De leurs fenêtres, alors que la nuit commençait à tomber, scintillait une lueur rassurante, seul signe de présence humaine. Le village semblait endormi. Même les mouettes planaient en silence. Malgré son inquiétude, Madeleine n'arrivait pas à se décider à aller chercher de l'aide auprès de parfaits inconnus.

C'est alors qu'une pluie fine et régulière se mit à tomber en même temps que s'installa la brise marine du soir. Épuisée et commençant à grelotter, Madeleine dut se résoudre à se diriger vers une de ces maisons en bois. Elle s'immobilisa quelques minutes devant la rouge, la première qui se trouvait sur son chemin.

Après maintes hésitations, elle monta les marches du perron et cogna à la porte. Une femme au sourire chaleureux, un perroquet juché sur son épaule, vint aussitôt l'accueillir.

- Bonjour! Quel est ton nom ma belle? lui demanda la dame, nullement surprise de voir une étrangère débarquer chez elle à cette heure de la journée, réaction qui parut étonnante aux yeux de Madeleine.

- Bonjour madame, pourriez-vous m'aider? Ça peut vous paraître bizarre, mais je ne sais pas du tout comment je suis arrivée ici. J'ai fait une chute et quand j'ai repris conscience, je me suis retrouvée dans ce village sans savoir comment. Je m'appelle Madeleine Labonté. Je ne sais pas combien de temps s'est écoulé depuis que je suis partie, mais peut-être que ma famille me cherche en ce moment même. Avez-vous écouté la radio par hasard? Peut-être bien qu'aux nouvelles, ils ont parlé d'une fillette disparue, lui demanda Madeleine d'un ton plein d'espoir.

- Quel bonheur que tu te trouves là! Nous avons justement besoin d'un autre joueur, s'exclama la dame, qui n'avait pas eu l'air d'avoir entendu un seul mot de ce que Madeleine venait de lui raconter. Nous ne sommes que cinq, et l'idéal pour ce jeu, c'est d'être six, ajouta-t-elle le plus joyeusement du monde.

- Mais madame, il faut que je rejoigne ma famille, reprit Madeleine, encore étonnée des propos de cette femme. Pouvez-vous me dire comment retourner de l'autre côté du cap? ajouta Madeleine en essayant d'expliquer ce qui lui était arrivé, enfin, le peu qu'elle en savait.

- Pourquoi veux-tu aller de l'autre côté du cap? Je ne sais vraiment pas de quoi tu parles. Je ne connais rien de ce qui se passe en dehors d'ici et ça ne me manque pas du tout. La vie est belle et on s'amuse bien. Et c'est ce qui compte, n'est-ce pas ma chère? Si tu veux, tu peux rester avec nous. Nous serons très heureux de t'accueillir dans notre famille. Viens, entre! Je vais te présenter mon mari et mes trois enfants.

Ne voyant aucune autre solution pour l'instant, Madeleine suivit cette femme étrange qui l'entraîna à travers la maison. En un temps record, elle lui fit traverser la cuisine où mijotaient des plats aux odeurs alléchantes, un long corridor flanqué de part et d'autre de cinq portes, probablement la salle de bain et les chambres des occupants de la maison, et une pièce remplie de cages d'oiseaux exotiques. Libres de voler où ils voulaient, plusieurs d'entre eux étaient perchés sur des mobiles de bois ou sur des carillons suspendus un peu partout dans la pièce au milieu d'une multitude de plantes vertes.

Elles aboutirent finalement dans une grande salle de jeux, la plus incroyable que Madeleine ait encore jamais vue: des murs complets tapissés d'étagères sur lesquelles s'entassaient des boîtes de jouets de toutes sortes, des tables où s'étalaient des casse-tête, des jeux de construction ou des soldats de plomb placés en rangs et prêts au combat!

- Voilà, nous sommes arrivés, dit la dame en entrant dans la pièce. Je te présente ma famille. Mon mari, M. Dinguedingue, et nos trois filles, Catherine, Claudine et Camille, qui ont respectivement 10 ans, 11 ans et 12 ans. Et toi Madeleine, quel âge as-tu?

- Onze ans madame, répondit Madeleine, un peu intimidée, comme chaque fois où elle se retrouvait au milieu d'inconnus.

- C'est merveilleux! Vous allez bien vous amuser ensemble, dit Mme Dinguedingue, enchantée. Les filles, voici Madeleine, votre nouvelle amie. Bon! Commençons à jouer. À six, ce sera beaucoup plus

agréable, chantonna-t-elle en se mettant à valser à travers la pièce, sans aucune musique et sans aucune raison, bientôt imitée par tous les membres de la famille.

Madeleine fut emportée dans un tourbillon de plaisir. Elle oublia quelque temps le monde d'où elle venait et cessa de s'inquiéter. Sa nouvelle famille était merveilleuse. Même dans ses rêves les plus fous, elle n'avait jamais réussi à inventer de tels personnages. Ils ne pensaient qu'à jouer, à se régaler de friandises et à rigoler.

Parfois, quand son ancien monde, le temps d'une étincelle, revenait se loger dans son esprit, elle posait quelques questions à Mme

Dinguedingue ou aux autres membres de la famille. Elle constatait rapidement que ceux-ci n'avaient aucun sens pratique et ne voulaient surtout pas s'encombrer du moindre souci. Les problèmes, il valait mieux les éviter. Telle était leur philosophie!

Madeleine en profita un certain temps et s'amusa beaucoup avec les trois demoiselles Dinguedingue. Elle avait tellement souhaité dans son autre vie avoir des sœurs de cet âge qui apprécieraient sa compagnie plus que toute autre chose au monde.

«Peut-être que je me trouve ici parce que mon souhait s'est

réalisé?» se disait parfois Madeleine en plein milieu d'un jeu.

- Pourquoi t'inquiètes-tu d'une famille qui n'existe plus alors que tu peux nous avoir, nous? Tu ne t'amuses pas ici? lui répondait l'un ou l'autre membre de ce clan familial quelque peu inhabituel, quand elle exprimait ses inquiétudes ou tentait d'expliquer d'où elle venait.

Madeleine était très décontenancée devant de telles réponses. Ça semblait si peu normal de réagir ainsi, surtout de la part de parents. Mais comme elle n'y pouvait rien du tout, elle laissait tomber et, d'un haussement d'épaules, chassait bien vite ces pensées troublantes.

Ce village n'était pas comme les autres. Madeleine avait constaté, les rares fois où il lui était arrivé d'aller se promener, que les résidents des autres maisons semblaient eux aussi vivre dans un monde à part.

Un jour pourtant, elle en eut assez. Catherine, Claudine et Camille, qui faisaient toujours tout ensemble, ne la laissaient jamais respirer. Passant sans arrêt d'une activité à une autre, elles ne cessaient de la solliciter pour jouer avec elles. C'est alors qu'elle réalisa qu'elle avait besoin de répit, et même de retrouver un peu de son ancienne solitude. Elle avait envie de se sentir libre de faire ce qu'elle voulait, ne serait-ce que quelques heures. Mais chez les enfants Dinguedingue, ce simple désir était tout à fait impensable.

Quant aux parents, en y songeant bien, elle se dit qu'ils étaient pires. C'étaient de parfaits irresponsables. Ils jouaient bien sûr avec leurs enfants, mais ils oubliaient constamment l'heure des repas et du coucher. Si bien que Madeleine se retrouvait, le soir, épuisée et le ventre creux. Trop de sucreries finissait par lui donner mal au cœur.

Quand elle ressentait la nostalgie de son ancienne vie, Madeleine regardait par la fenêtre du salon en direction des autres habitations et se demandait s'il existait une personne dans la maison orangée, ou dans la bleue, ou encore dans la mauve, quelqu'un qui voudrait bien l'aider à retourner chez elle. Elle décida de tenter sa chance auprès des gens qui vivaient dans la maison voisine, la maison bleue.

- Je m'en vais, annonça Madeleine à toute la famille Dinguedingue qui était réunie autour d'un jeu qui ressemblait au Monopoly.

- Ah bon! Tu fais comme tu veux Madeleine. Nous avons été heureux de te connaître, dit Mme Dinguedingue, sans même lever la tête.

C'était à son tour de lancer les dés. Les autres ne dirent rien, concentrés sur leur prochain tour. Sans se retourner, et sans aucun regret, Madeleine les quitta ce soir-là dans l'espoir de trouver enfin ce qu'elle cherchait.

Chapitre 6

Disparition de Madeleine

De leur côté, Laurent et Rémi avaient perçu eux aussi la vibration ressentie par Madeleine. Au moment où le sol avait cessé de bouger, ils s'étaient retournés d'un même élan pour s'assurer que le tunnel ne s'était pas écroulé. Heureusement, le tremblement de terre était léger et n'avait provoqué, à première vue, ni effondrement ni dégât d'aucune sorte.

Ce phénomène se produisait de temps en temps dans la région, mais sans trop de conséquences graves. La plupart des secousses étaient à peine perceptibles et ne duraient qu'un très court instant. Le dernier tremblement de terre vraiment important dans Charlevoix était survenu en 1925, alors qu'on avait ressenti le séisme à plusieurs kilomètres à la ronde, jusqu'à Québec et Montréal. Durant plus d'une semaine, des dizaines de répliques sismiques avaient secoué le secteur.

Malgré tout, Laurent et Rémi s'inquiétaient pour Madeleine, car ils l'avaient vue se diriger vers le tunnel un peu avant que le sol se mette à trembler. Si elle se trouvait à l'intérieur à ce moment-là, un morceau de la paroi rocheuse avait pu se détacher et lui tomber sur la tête.

D'un commun accord, ils décidèrent de se rendre de l'autre côté pour s'assurer qu'elle se trouvait en sécurité. Ils allaient s'engager dans le passage creusé dans le roc quand Laurent entendit ses parents l'appeler. Ils rebroussèrent chemin aussitôt pour aller vers eux. Ceux-ci semblaient très agités par ce qui venait de se passer, surtout qu'ils venaient de réaliser la disparition de leur fille.

- Laurent! As-tu vu Madeleine? lui demanda son père en s'approchant pour éviter de crier à tue-tête.

- Non. Justement, Rémi et moi, nous voulions aller voir de l'autre côté du cap.

- Pourquoi là-bas? Elle ne se rendrait jamais à cet endroit toute seule, voyons! C'est insensé! cria Gaston à son fils. Lors de ses promenades solitaires, elle a plutôt l'habitude de se diriger vers le village, et non vers le tunnel, n'est-ce pas? ajouta-t-il en changeant de ton, honteux tout à coup de constater qu'il connaissait bien peu sa fille.

- Si tu penses qu'elle est allée se promener de ce côté, tu n'as qu'à y aller avec les autres! Pendant ce temps, Rémi et moi, nous pourrions jeter un coup d'œil de l'autre côté du tunnel, lui suggéra Laurent.

- Il n'en est pas question. Cela pourrait être dangereux. Et de toute façon, je suis sûr qu'elle n'est pas allée sur la voie ferrée. Ça n'a aucun sens. Elle sait très bien qu'elle n'a pas la permission de le faire, voyons! Et toi non plus d'ailleurs, lui dit son père.

Laurent baissa la tête, incapable d'avouer à son père qu'il lui avait désobéi.

- Il arrive que nous nous promenions sur la voie ferrée, tenta-t-il de lui expliquer.

- Quoi! Qu'est-ce que tu dis? Tu me jouais dans le dos. Et ta sœur? Tu ne l'as jamais entraînée dans tes histoires, j'espère.

- Mais non, voyons! Nous savons ce que nous faisons. Nous connaissons l'horaire du train, alors nous sommes prudents et nous n'entrons jamais dans le tunnel. C'est beaucoup trop dangereux, mentit Laurent pour calmer son père, conscient que s'il avait été Pinocchio, son nez aurait allongé d'un bon centimètre.

- Alors, pourquoi veux-tu que Madeleine, qui a trois ans de moins que toi, ait eu une telle idée? lui cria alors son père d'un ton de plus en plus exaspéré.

- Je ne sais pas ce qu'il y a dans sa tête, mais je sais qu'elle est curieuse et pas trop peureuse pour une fille.

- Bon! Nous perdons du temps! Je préfère m'en tenir à ma première idée. Elle ne s'est sûrement pas dirigée de ce côté. Et toi, je t'interdis d'aller là-bas. Tu m'entends, Laurent? Tes cousins, cousines, ta mère et tes tantes vont rester ici pour surveiller les plus jeunes. Et vous deux, vous restez avec eux. Si jamais Madeleine revient, vous viendrez nous avertir. Arthur et moi, nous allons longer la rive en direction du village. Dommage qu'il n'y ait pas de route. On pourrait prendre la jeep. Ça irait beaucoup plus vite, mais bon, on n'a pas le choix. Si jamais nous ne trouvons aucune trace d'elle, nous demanderons des secours aux habitants de Saint-Joseph-de-la-Rive. À tout à l'heure. Et n'oublie pas Laurent, tu fais ce que je t'ai dit.

Laurent n'avait pas du tout envie d'attendre leur retour, et Rémi non plus. Les deux garçons étaient de plus en plus convaincus que Madeleine avait besoin d'aide. Déjà, ils commencèrent à comploter.

- Il faut aller la chercher, chuchota Laurent à Rémi. Nous n'avons pas le temps d'attendre que mon père et l'oncle Arthur reviennent du village, dit-il en baissant encore plus le ton pour éviter que sa mère l'entende.

Celle-ci serrait Anne de toutes ses forces, comme si quelqu'un allait la lui enlever. Elle semblait très ébranlée.

- Peut-être même qu'elle a tellement eu la frousse durant la secousse sismique qu'elle est restée coincée dans le tunnel, incapable d'avancer ni de reculer. L'an dernier, j'ai dû la tirer de force pour qu'elle daigne enfin bouger. Il lui arrive d'avoir très peur dans le noir.

- Et si on se trompait. Ne nous voyant pas, elle est peut-être ressortie du tunnel et, par la même occasion, nous a vus partir en direction du village. Elle se trouve peut-être tout simplement près de la jeep ou de la remorque, frustrée de constater que nous lui avons encore joué un tour, lui dit Rémi.

- Oui, tu as raison. C'est peut-être ce qu'elle a fait. Écoute, nous allons profiter d'un moment d'inattention de leur part pour aller vérifier si elle se trouve dans la clairière. Si elle n'y est pas, nous prendrons la jeep et nous nous dépêcherons de franchir le tunnel avant que personne n'ait le temps de nous suivre, murmura Laurent à Rémi.

- Mais tu es fou! Tu ne te souviens pas de ce que ton oncle t'a dit ce matin? De toute façon, tu n'as pas la clé, lui chuchota Rémi.

- Non, mais je sais où l'oncle Arthur la cache. Il la laisse toujours sous le tapis du côté passager. Viens, allons nous asseoir avec les autres. Il ne faudrait pas éveiller leurs soupçons, dit Laurent en remarquant que Jean-Paul commençait à les regarder fixement.

Rémi et Laurent s'intégrèrent donc au groupe réuni autour du feu. Les plus grands distrayaient les plus jeunes en leur faisant cuire des guimauves. Les deux comparses échangeaient des regards complices, se demandant comment ils allaient s'y prendre pour leur fausser compagnie sans trop attirer leur attention.

Chapitre 7

Des gens différents

Madeleine sonna à la porte de la maison bleue. Un petit garçon, âgé d'à peine 5 ans, vint lui ouvrir. Il la dévisagea quelques secondes comme si elle venait d'une autre planète, puis sans un mot, il l'abandonna sur le seuil et se mit à parcourir la maison en tous sens en appelant ses parents à tue-tête.

Quelques instants plus tard, apparut en ordre de grandeur la plus incroyable famille qui soit: deux garçons aux cheveux noirs et lisses ressemblant comme deux gouttes d'eau à leur père, deux fillettes aux cheveux blonds et bouclés ressemblant comme deux gouttes d'eau à leur mère et, au premier rang, le plus petit, celui qui lui avait ouvert la porte et qui ne ressemblait à personne. Occupé à dévisager Madeleine de ses grands yeux bruns bordés de longs cils noirs, il oublia de refermer la bouche qui s'était ouverte d'étonnement, bien malgré lui, comme si le «oh!» qu'il s'apprêtait à prononcer était resté coincé dans sa gorge. Son regard doux et curieux encouragea Madeleine, qui se tenait sur le seuil, à expliquer une fois de plus ce qui lui était arrivé.

Le père du garçon, au nom de toute la famille rassemblée, prit la parole et rendit son verdict:

- Hum! ma chère enfant, il nous fera plaisir de t'accueillir dans notre demeure. Hum! bien sûr, il faudra suivre les règles de la maisonnée.

Ce fut tout. Aucune autre explication ne fut donnée ni aucune aide offerte. Madeleine fut à même de constater une fois de plus combien les gens de ce village étaient singuliers, mais elle finit par s'adapter à cette nouvelle famille. Elle s'entendait bien avec tous les enfants, et surtout avec Richard, le plus jeune, qui la suivait partout en la questionnant sans cesse sur le monde extérieur. Elle n'aurait jamais cru qu'un être si petit puisse être si intéressant et si attachant.

Parfois, elle cherchait à savoir comment elle pourrait retourner de l'autre côté du cap, si l'envie lui en prenait, mais M. et Mme Raisondingue n'avaient aucune idée de l'endroit où Madeleine voulait se rendre. Ils ne connaissaient rien d'autre que ce minuscule village où ils habitaient depuis toujours.

Contrairement aux Dinguedingue de la maison rouge, les parents de la maison bleue étaient très organisés et très responsables. Ils s'occupaient de leurs petits d'une façon exemplaire. Ces gens avaient à cœur de préparer pour leurs enfants, et par le fait même pour Madeleine, de délicieux repas, bien nutritifs et bien équilibrés. «Un esprit sain dans un corps sain», telle était leur philosophie! Intriguée, Madeleine leur demanda un jour d'où provenait leur nourriture, étant donné qu'il n'y avait aucune épicerie dans le village.

- Mais tu ne sais donc pas que nous recevons tout ce qu'il nous faut grâce aux bateaux qui viennent accoster sur le quai? lui répondit Mme Raisondingue, quelque peu agacée d'avoir affaire à une telle ignorante.

- Et comment faites-vous pour payer? Vous n'allez jamais travailler, lui fit remarquer Madeleine.

Cette fois, elle n'obtint aucune réponse. Mme Raisondingue avait tant de choses à planifier et à mettre en branle qu'elle oubliait souvent de répondre aux questions. Le séjour de Madeleine dans cette maison prenait des allures de camp de vacances organisées. Chaque journée se déroulait selon un horaire bien précis.

Étrangement, et malheureusement pour Madeleine, aucune sortie en plein air n'était jamais prévue. M. et Mme Raisondingue avaient trop peur de ce qui pouvait arriver aux enfants s'ils allaient jouer dehors.

Trop de choses ne pouvaient être contrôlées à l'extérieur. Trop de dangers pouvaient surgir de toutes parts.

Peu à peu, Madeleine se sentit étouffer dans ce nid douillet qui lui avait paru bien réconfortant au début. Elle avait besoin de respirer l'air marin, besoin de sentir le vent lui fouetter le visage ou lui caresser les joues. Richard avait deviné que sa grande amie avait des envies de liberté et il se mit à la harceler de questions incessantes, comme s'il sentait qu'il perdrait à tout jamais cette source d'informations précieuses. Peu à peu, il se mit à rêver et confia à Madeleine d'un ton déterminé que, plus tard, il allait travailler dans un cirque.

Un jour que les deux enfants se trouvaient ensemble dans le salon à bavarder, Mme Raisondingue surgit à l'improviste et commença comme d'habitude à leur donner des ordres, mais cette fois, ceux-ci semblaient quelque peu excessifs.

- Pourquoi ta mère semble si nerveuse aujourd'hui? demanda Madeleine à Richard lorsque cette dernière disparut aussi vite qu'elle était apparue.

- Le bateau qui transporte les vivres pour tout le village arrive dans quelques heures, lui répondit celui-ci avec un soupir résigné.

- Et alors? C'est merveilleux, non? On pourra enfin prendre l'air du large, dit Madeleine, une note d'espoir dans la voix.

- Tu n'auras pas l'occasion de sortir d'ici, crois-moi, lui dit Richard d'un ton désespéré.

Madeleine entendit la sirène qui annonçait l'arrivée du bateau, mais elle n'eut jamais l'occasion de le voir, ni même de l'apercevoir par l'unique fenêtre qui donnait sur le fleuve. M. et Mme Raisondingue, avant de quitter la maison pour aller à la rencontre du navire, enfermèrent tout le monde à double tour dans le salon qui se trouvait à l'arrière de la demeure. Les parents prirent soin, avant de partir, de laisser de la nourriture, des jeux et des livres pour tenir les enfants occupés, bien sûr, mais surtout pour se débarrasser de ce sentiment peu réjouissant que l'on nomme culpabilité.

À peine une heure plus tard, ils revinrent les bras chargés de sacs d'épicerie et préparèrent un véritable festin pour faire oublier à leurs enfants qu'ils avaient été séquestrés dans leur propre demeure, même si ça n'avait duré qu'un court moment. Ce soir-là, Madeleine décida de quitter cette maison. Seul le petit Richard aurait pu la retenir dans ce lieu, mais la nostalgie de sa vie passée était trop forte pour qu'elle puisse ignorer cette émotion encore plus longtemps.

Elle s'ennuyait des gens qui faisaient partie de son univers depuis toujours, qui avaient pris soin d'elle depuis qu'elle était toute petite. Même s'ils n'étaient pas toujours ce qu'elle aurait voulu qu'ils soient, ils avaient à cœur de bien s'occuper d'elle, après tout. Elle s'ennuyait aussi de ses balades solitaires à travers les champs et elle voulait encore participer à d'autres pique-niques organisés par son oncle Arthur qui s'amusait toujours à lui faire des clins d'œil. Elle espérait aussi qu'un jour son frère se déciderait enfin à partager son univers. Et puis elle avait hâte que sa petite sœur grandisse.

Le cœur gros, elle se résolut enfin à aller se coucher. Avant de s'endormir, elle décida qu'elle quitterait cette maison, au lever du soleil, avant que ses habitants ne s'éveillent. Elle devait trouver le moyen de rejoindre les siens. Depuis tout ce temps, sa famille devait être de retour dans son village.

Chapitre 8

À l'aide!

Madeleine qui, la veille, s'était conditionnée à se réveiller à l'aube, ouvrit les yeux aux premiers rayons de lumière. Bien décidée cette fois-ci à trouver plus qu'un refuge, elle quitta les Raisondingue sans faire de bruit. Elle s'assit sur la plage face aux jolies maisons qui bordaient la rive et attendit que le soleil soit plus haut dans le ciel. Elle ne pouvait tout de même pas se pointer chez les gens à cette heure matinale.

Elle prit le temps d'examiner chaque demeure, mais son regard revenait sans cesse vers celle qui semblait la plus ordonnée. L'état des lieux était impeccable, mais un détail la tracassait. Pourquoi tous les stores étaient-ils tirés? N'en pouvant plus d'attendre, et après avoir jeté un coup d'œil à sa montre, elle décida que l'heure était venue d'agir. Elle se rendit donc sur la galerie de la maison mauve, celle qui l'avait attirée, bien décidée à prendre tous les moyens pour s'extirper de ce bourbier qui prenait de plus en plus des allures de cauchemar.

Aucune sonnette! Craignant qu'on ne puisse l'entendre, elle frappa si fort que l'écho de ses coups résonna dans le silence. L'attente lui paraissant longue, elle s'apprêtait à cogner à nouveau lorsqu'elle se sentit observée. Un œil la fixait à travers les lames du store de la fenêtre située à sa droite.

Inquiète, elle allait tourner les talons lorsque la porte s'ouvrit.

- Que veux-tu? lui demanda un homme à l'air méfiant et qui omit de se présenter.

- Il faut que je téléphone à ma famille. Je ne sais plus comment retourner chez moi. Je suis perdue et mes parents doivent se demander où je suis. Est-ce que je peux entrer? implora Madeleine.

- Tu n'es pas d'ici, toi. Il me semble que je ne t'ai jamais vue dans les parages. Je n'aime pas beaucoup faire entrer des étrangers chez moi, lui dit-il en restant planté devant la porte sans faire le moindre mouvement pour la laisser passer.

- Monsieur, s'il vous plaît, je voudrais seulement téléphoner, insista Madeleine presque sur le point de pleurer. Je ne vous dérangerai pas longtemps.

- Bon, ça va. Entre! Mais essuie bien tes pieds sur le paillasson, finit-il par lui dire.

Il l'entraîna vers la cuisine où une femme s'affairait à préparer des crêpes et du café.

- C'est une étrangère. Elle veut téléphoner, dit-il à cette personne qui devait être son épouse.

- Pourquoi? demanda la femme d'un ton cassant.

- Elle dit qu'elle est perdue, répondit le mari.

- Ah bon! Fais ce que tu veux, mais surveille-la de près. Tu sais ce que je pense des étrangers: il faut s'en méfier. D'ailleurs, tu ferais bien d'adopter ma philosophie.

Madeleine se sentait mal à l'aise de les entendre parler ainsi, et leur attitude méfiante la rendait nerveuse. Du coup, elle oublia son numéro de téléphone. Elle essaya en vain de le retrouver, mais ne put se remémorer que celui de sa grand-mère.

Restée sur le seuil, elle espérait très fort que ce couple à la mine renfrognée se décide enfin à l'inviter à s'approcher. Elle risquait encore à tout moment d'oublier les chiffres magiques capables de la relier à sa famille.

- Allez avance! Qu'est-ce que tu attends? Tu voulais appeler quelqu'un, il me semble, lui dit l'homme en lui désignant du regard l'appareil qui pouvait la sauver.

Madeleine s'empressa d'obéir avant qu'il change d'avis. Elle composa le numéro qu'elle avait en tête et, après plusieurs sonneries, une voix inconnue lui répondit. Elle demanda à parler à sa grand-mère, mais n'eut pas la réponse escomptée : « Désolé, il n'y a pas de grand-maman Marcelle ici. »

Quand elle essaya à nouveau, la même personne lui répondit, avec beaucoup moins de gentillesse cette fois. La fillette avait dû mélanger les chiffres et, dans sa nervosité, elle n'arrivait plus à les aligner correctement. Découragée, elle raccrocha puis, s'adressant aux deux personnes qui l'interrogeaient du regard, elle s'excusa de les avoir dérangées. Elle ne souhaitait vraiment pas s'attarder dans cet endroit étouffant.

En train de sortir, elle entendit les paroles que la femme adressait à son mari :

- Germain, va donc réveiller les enfants. Je leur ai préparé un bon déjeuner. Tu as vu cette fille ? Quelle insolente ! Elle n'a même pas dit merci en partant. Elle semble aussi peu recommandable que tous les autres habitants de ce village. Nous sommes donc chanceux d'avoir nos petits anges. Ils sont si sages et si intelligents, eux.

Madeleine songea que, contrairement à ces gens qui avaient l'air satisfaits de leur progéniture, ses parents devaient être très en colère contre elle. Pourtant, elle aurait tout donné pour se faire gronder, en ce moment même, par son père et sa mère. Secouant son humeur morose, elle se remit en quête d'une autre demeure.

Une fois au bas de l'escalier, elle parcourut des yeux le village, à la recherche de quelque chose de mieux. Elle fut attirée par la couleur orangée de l'une des maisons. Des masques colorés, qui garnissaient les murs, semblaient l'inviter. «Pourquoi pas celle-ci? se dit-elle. De toute façon, je n'ai plus tellement le choix.»

Elle appuya sur le bouton de la sonnette qui, à sa grande surprise, s'enfonça complètement sans émettre aucun son. Elle allait se résoudre à frapper à la porte lorsque celle-ci s'ouvrit sur une entrée déserte.

Madeleine, qui n'osait pas s'avancer, s'étira le cou pour tenter de voir à l'intérieur. C'est à ce moment qu'un petit homme bondit devant elle comme un polichinelle sortant de sa boîte. Elle resta figée, incapable de s'enfuir tellement ses jambes étaient molles.

- Bonjour grande demoiselle. Qu'est-ce qui me vaut cette visite ? demanda le personnage de petite taille à Madeleine.

- Je... je... bredouilla la fillette, qui n'arrivait pas à se ressaisir.

- Allez, viens avec moi, lui dit-il.

Il l'entraîna vers une grande pièce ensoleillée où se trouvait une longue table basse entourée de plusieurs chaises toutes aussi basses. Il en tira une vers elle et, après avoir déclenché un mécanisme caché sous le siège pour que les pattes s'allongent, il lui fit signe de s'y installer. Madeleine s'assit avec précaution, peu convaincue de la solidité de l'objet.

- Bon, te sens-tu mieux? Es-tu en mesure de parler maintenant? Dis-moi ce qui t'amène ici pendant que je finis de préparer le déjeuner pour mes petits qui vont sûrement apparaître d'une minute à l'autre.

Madeleine, qui observait les gestes de l'homme, se sentit rassurée par son apparente bonté et se mit peu à peu à lui confier tout ce qui lui était arrivé depuis sa chute près de la voie ferrée. Il hochait la tête de temps en temps pour l'encourager à poursuivre son récit. Quand elle arriva à l'épisode de la maison mauve, il se mit à gesticuler.

- Ah! Ces gens! Ça ne m'étonne pas d'eux. Ils n'ont aucun sens de l'hospitalité et ne font confiance à personne. En fait, ils détestent tout le monde sauf, bien sûr, leurs petits anges chéris... Une vraie famille de dingues. C'est leur nom d'ailleurs: les Dingue. À voir ton air étonnée, ils n'ont pas dû se présenter, n'est-ce pas? lui demanda-t-il.

- Non, c'est vrai. Je ne connaissais pas leur nom. Il faut dire que je ne suis pas restée très longtemps, répondit Madeleine.

- Mais j'y pense, moi non plus je ne me suis pas présenté. Je m'appelle M. Trappedingue. Et toi?

- Madeleine Labonté. C'est étrange comme les noms des habitants de ce village se ressemblent. Alors, M. Trappedingue, pensez-vous pouvoir m'aider à retourner chez moi?

- J'ai ma petite idée là-dessus. En effet, il s'agirait simplement de...

Madeleine ne put entendre la suite, car une troupe bruyante venait de pénétrer dans la cuisine. Huit enfants de différents âges, bâtis sur le même format que leur père, s'assirent joyeusement autour de la table. Toutes ces têtes rondes étaient couronnées de cheveux blonds.

Madeleine se retrouva attablée avec les enfants Trappedingue, sans trop savoir comment, et elle se mit à dévorer le délicieux déjeuner servi par cet homme fort gentil. Comme les pattes de sa chaise s'étaient rétractées, elle était obligée d'allonger les jambes loin devant elle pour éviter que ses genoux touchent à la table.

Le temps d'un repas, Madeleine fut ensorcelée par le sourire contagieux de ces gens et fascinée par leurs gamineries. Et quelle maison! Dans toutes les pièces se cachaient des trésors insoupçonnés. Des trappes s'ouvraient sur des caves qui débordaient de masques et d'objets dignes d'un musée des bizarreries. Les enfants et Madeleine passaient des heures à inventer des histoires et à les mettre en scène. Elle avait enfin à disposition assez d'acteurs et d'accessoires pour monter une pièce de théâtre. Elle en rêvait depuis si longtemps.

Elle mit donc de côté son ancienne vie durant quelque temps. Une seule chose l'embêtait chez les

Trappedingue : leur manie de jouer des tours. Elle ria la première fois où elle reçut une chaudière pleine d'eau glacée sur la tête en ouvrant une porte. Elle ria encore quand elle eut en pleine figure une tarte à la crème, qui était tout à fait délicieuse d'ailleurs. Mais après une multitude de chaudières et un certain nombre de tartes, elle commença à trouver que la plaisanterie avait assez duré.

Un soir, Madeleine décida d'aller trouver M. Trappedingue au salon. Depuis la mort de sa femme, survenue quelques années auparavant, il avait de la difficulté à trouver le sommeil. Il avait pris l'habitude, après avoir bordé les plus jeunes, de se réfugier à cet endroit pour écouter de la musique. D'ailleurs, il lui arrivait souvent de s'endormir dans son fauteuil.

Madeleine se pointa le nez dans le cadre de la porte pour vérifier si M. Trappedingue se trouvait dans la pièce. Il était assis à sa place habituelle et regardait le plafond. La chanson qu'on entendait sur le disque était aussi nostalgique que son humeur. Madeleine s'avança doucement en n'osant pas inter-rompre ses rêveries. Quand il la vit, il se redressa dans son siège et lui fit un sourire.

- Approche Madeleine. Que puis-je pour toi ? lui demanda-t-il gentiment.

Il avait une manière si distinguée de s'adresser à elle qu'il était difficile de croire que cet homme pouvait se transformer en bouffon durant la journée. Madeleine comprit alors qu'il devait s'efforcer de paraître enjoué pour ses enfants. Il leur cachait sa peine.

- Je vous suis reconnaissante de m'avoir hébergée durant ces quelques jours, mais il est temps que je retourne chez moi. Vous vous souvenez, le matin où j'ai cogné à votre porte. Nous étions dans la cuisine et vous alliez me dire quelque chose lorsque vos enfants sont entrés. Ensuite, je me suis laissée distraire par votre mer-veilleuse famille.

- Je voulais simplement te mentionner l'arrivée du prochain bateau de ravitaillement, chère petite. Si tu vas l'attendre, le capitaine pourra sûrement te faire monter à son bord. Il devrait pouvoir te dire où pique-niquait ta famille le jour où tu t'es perdue. Je peux t'accompagner si tu veux. Je lui expliquerai ce qui t'amène.

- Quand arrive-t-il ce bateau? demanda Madeleine, fort soulagée d'apprendre que la solution soit aussi simple.

- Après demain. En attendant, va te coucher. Je crains que cette autre nuit avec nous te paraisse bien longue, lui répondit-il avec douceur.

Le lendemain matin, le plus jeune enfant se réveilla avec de la fièvre. Le docteur Soindingue, qui fut appelé au chevet du petit malade, diagnostiqua la rougeole. La maison fut mise en quarantaine pour éviter que les villageois soient contaminés. Personne ne pouvait plus sortir. Madeleine raterait cette occasion. Devinant ses pensées, M. Trappedingue lui dit de ne pas s'en faire, qu'il y aurait toujours un autre bateau.

- Oui, mais dans un mois seulement, répondit Madeleine, découragée.

- Un mois dans toute une vie, ce n'est rien, dit-il pour essayer de l'encourager. Il faut savourer chaque instant comme il se présente sans toujours anticiper l'avenir.

Même si Madeleine trouvait cette philosophie intéressante, elle résolut de ne pas s'y attarder et décida qu'elle ne pouvait plus attendre. Après tout, elle n'avait pas besoin de lui. Elle irait elle-même parler au capitaine. Elle avait pris de l'assurance avec toutes les mésaventures sur-venues depuis qu'elle vivait dans ce village.

Elle quitta M. Trappedingue, qui se trouvait fort occupé à soigner son fils, et se dirigea d'un bon pas vers le long couloir qui menait au hall d'entrée. Malheureusement, elle constata que les lieux avaient changé d'aspect depuis la dernière fois. Des parois y avaient été aménagées et formaient un véritable labyrinthe.

Exaspérée, elle affronta toutefois cet autre jeu inventé par l'un des membres de cette famille. Habituée à leurs simagrées, elle en devina les règles assez vite. Il fallait trouver le seul chemin possible pour se rendre à la sortie. Chaque fois qu'elle pensait avoir enfin réussi, elle se cognait le nez sur une des cinq portes de chambre qui donnaient sur le corridor. Chaque fois, elle revenait sur ses pas pour se retrouver à son point de départ.

Après plusieurs tentatives infructueuses, Madeleine, qui sentait la moutarde lui monter au nez, frappa à coups de poing sur la porte qui se trouvait juste devant elle. Ce qui eut pour résultat d'attirer l'attention immédiate de l'occupant de cette chambre.

- Pas si fort Madeleine. Je ne suis pas sourd, lui dit l'aîné des enfants Trappedingue en ouvrant sa porte.

- En plus d'avoir perdu ma famille, je suis perdue dans ce labyrinthe et tu voudrais que je sois calme, lui lança une Madeleine très en colère.

- Tu n'aimes pas notre labyrinthe? Je l'ai construit hier avec papa. C'était pour amuser les plus jeunes.

- Ce n'est vraiment pas le temps. Je veux partir d'ici tout de suite, ordonna Madeleine, un instant redevenue Mademoiselle Porc-épic.

- Je ne pensais pas que tu étais malheureuse à ce point avec nous, lui dit-il un peu étonné.

- Je me suis bien amusée pendant ces quelques jours passés ici. J'avais même oublié pourquoi j'étais venue frapper à votre porte. Mais j'ai parlé avec ton père hier et il m'a dit que le capitaine du navire de ravitaillement pourrait sûrement me ramener chez moi. J'ai eu alors l'envie irrésistible de partir d'ici au plus vite. Toi aussi, si tu avais quitté les tiens depuis longtemps, tu sauterais sur la première occasion pour les revoir, lui dit Madeleine, un peu calmée.

- Viens, suis-moi. Je vais te guider jusqu'à la sortie. C'est facile! À gauche, à droite, bon encore à droite. Voilà! Nous sommes déjà arrivés. Tu vois la porte du fond, c'est celle qui te mènera à l'extérieur. Allez, vas-y! Moi, je retourne dans ma chambre. Bonne chance! lui dit-il en la saluant de la main.

Une fois la porte franchie, Madeleine se dirigea d'un pas ferme vers le quai, décidée à attendre l'arrivée du prochain bateau tout le temps qu'il faudrait.

Chapitre 9

Les secours arrivent

Piégée dans ce monde étrange, Madeleine n'avait aucune idée de ce que faisaient les membres de sa famille. Pendant que Gaston et Arthur se rendaient à Saint-Joseph-de-la-Rive pour chercher de l'aide, Laurent et Rémi, assis sur leur chaise, réfléchissaient très fort au moyen de faire faux bond au reste de la famille. Il leur fallait une bonne raison pour quitter le groupe sans éveiller les soupçons. Laurent, qui eut soudain une idée, se pencha vers sa mère.

- Je viens de penser à quelque chose. Peut-être que Madeleine a laissé des traces de son passage près de la voie ferrée. Je pourrais aller vérifier avec Rémi s'il y a des empreintes sur le sol. Qu'en penses-tu?

- Bon d'accord, mais ne vous éloignez pas trop, et si tu vois quelque chose, reviens ici pour me le dire. Pas question d'aller sur la voie ferrée sans la permission de ton père, lui répondit-elle, trop occupée avec les plus jeunes pour le suspecter.

Sous le regard soupçonneux de Jean-Paul qui, lui, n'était pas dupe, Rémi et Laurent franchirent rapidement les rochers avant d'arriver près du chemin de fer. Une fois hors de vue, ils ne s'attardèrent pas à essayer de trouver des traces de pas. Ce n'était qu'un prétexte pour pouvoir réaliser leur plan. Ils s'empressèrent de traverser la voie ferrée et de se diriger vers la jeep. Laurent s'installa aussitôt au volant et fit signe à Rémi de monter du côté passager.

- Donne-moi la clé! Vite! lui ordonna-t-il, bien décidé à démarrer avant que son père et son oncle reviennent et qu'ils les empêchent encore une fois d'accomplir ce qu'ils souhaitaient faire.

- La voici! constata Rémi en regardant sous le tapis, soulagé de pouvoir enfin faire quelque chose.

Ne perdant aucune seconde, Laurent fit exactement ce que son oncle lui avait expliqué. Après plusieurs manœuvres délicates, il réussit à atteindre le tunnel, ce qui fit pousser un cri de victoire à Rémi qui retenait son souffle depuis quelques instants.

Entendant des cris derrière eux, ils se retournèrent et aperçurent quelques-uns des cousins qui, agitant les bras, essayaient d'attirer leur attention, leur faisant signe de s'arrêter. Jean-Paul, qui commençait à avoir de sérieux doutes sur les intentions de son cousin, avait entraîné les plus vieux à la poursuite de Laurent et Rémi.

Même en courant à toutes jambes, ils ne purent rattraper la jeep avant que celle-ci ne disparaisse à l'intérieur du tunnel. Ils s'arrêtèrent brusquement, n'étant pas assez fous pour s'élancer vers cette sombre caverne. Ils savaient que l'heure du passage du train approchait. Même si Laurent en était parfaitement conscient lui aussi, il ralentit pourtant afin de ne pas risquer d'écraser Madeleine, au cas où elle serait tombée sur la voie ferrée. Il alluma les phares, mais ne vit aucun signe de sa présence.

Lorsqu'ils se retrouvèrent de l'autre côté du cap, dans la lumière déclinante du jour, Rémi aperçut, à la droite des rails, un corps inerte couché face contre terre. Il la reconnut aussitôt. Il cria à Laurent de s'arrêter et sauta de la jeep, pressé de porter secours à la sœur de son ami.

Il s'accroupit près de Madeleine et, la retournant doucement, repoussa ses cheveux pour dégager son visage, à la recherche d'éventuelles blessures. Il remarqua qu'elle avait une petite bosse sur le côté droit de la tête. Il se pencha vers elle à l'affût du moindre souffle. Soulagé, il se redressa pour annoncer à Laurent qu'elle respirait encore.

Ils la transportèrent et la déposèrent à l'arrière de la jeep. Madeleine se mit à gémir et ouvrit les yeux. Quel ne fut pas son étonnement lorsqu'elle aperçut les visages de Laurent et Rémi penchés sur elle. Les idées embrouillées, elle s'assit et regarda le paysage sauvage qui s'étalait devant elle. Elle ne comprenait pas ce qu'elle faisait dans la jeep avec son frère et Rémi. Il y a une seconde à peine, elle était seule sur le quai et attendait le prochain bateau.

- Pourquoi le village a disparu? Et les maisons, où sont-elles? demanda-t-elle à son frère.

- De quoi parles-tu Madeleine? Il n'y a pas de maisons ici, à part peut-être ce vieux chalet là-bas qui a l'air abandonné, répliqua Laurent.

- Comment avez-vous fait pour venir jusqu'ici? Il n'y a plus de tunnel, dit Madeleine en tournant la tête vers le cap. Ça alors! C'est incroyable! Tout est redevenu comme avant! s'écria-t-elle en apercevant l'ouverture habituelle.

- Rien n'a changé, voyons! s'impatienta Laurent. Je ne saisis rien de ce que tu racontes. On dirait que le coup que tu as eu sur la tête te fait délirer. Bon, on réglera ça tantôt! Pour l'instant, il faut traverser le tunnel au plus vite.

Avant de démarrer et de faire marche arrière pour retourner d'où il venait, Laurent sentit le sol vibrer sous la jeep. Il pensa d'abord que c'était une réplique de la secousse enregistrée plus tôt, mais en vérifiant l'heure sur sa montre, il comprit que ce n'était pas un tremblement de terre. Le son d'un sifflet lointain confirma ce qu'il savait déjà: l'arrivée imminente du train.

- Vite Laurent! Le train s'en vient! hurla Rémi.

- Je sais! Accrochez-vous! Nous changeons nos plans. Nous fonçons droit devant!

Il venait de se souvenir qu'il y avait une traverse en face du chalet. S'il parvenait à l'atteindre avant qu'il soit trop tard, il pourrait sortir de la voie ferrée de la même façon qu'il s'y était aventuré.

Dans le feu de l'action, il n'avait pas eu le temps de réfléchir et n'avait jamais songé à sauter en bas de la jeep. Laurent, de plus en plus excité par les cris aigus du sifflet du train, accéléra trop rapidement et faillit rater un des changements de vitesse. Heureusement, le moteur ne cala pas. «Vite! Vite!» criaient les passagers, convaincus que leur mort approchait.

Secoués de tous côtés, Madeleine et Rémi n'eurent pas le temps de voir le chemin qui menait au chalet, déjà Laurent avait braqué les roues pour engager la jeep sur la voie d'accès. Le virage fut si brusque que le véhicule s'inclina dangereusement sur un côté. Énervé par les hurlements de Madeleine et de Rémi, Laurent freina brutalement. La jeep retomba alors sur ses quatre roues. Ouf!

Se retournant d'un seul bloc, les trois enfants virent passer devant eux l'immense locomotive qui tirait une vingtaine de wagons remplis de marchandises. Lorsque Laurent eut cessé de trembler, il fit redémarrer la jeep et, après avoir effectué un demi-tour, il s'engagea à nouveau sur les rails, dans la bonne direction cette fois.

Les cris des cousins restés près du tunnel avaient alerté les deux hommes qui revenaient du village, accompagnés de volontaires venus les aider à retrouver Madeleine. Tous ceux qui étaient restés près du feu accouraient eux aussi. Le tumulte était tel qu'on ne s'entendait plus parler. Enfin, ceux qui avaient vu partir Rémi et Laurent réussirent à expliquer aux adultes ce qui s'était passé. Pâles d'inquiétude, Gaston et Arthur s'apprêtaient à pénétrer dans le tunnel que le train venait de quitter, quand ils entendirent un ronronnement de moteur familier.

Les cris des enfants se transformèrent en hourras lorsqu'ils virent que Madeleine était assise à l'arrière de la jeep. Tout le monde était si soulagé de la revoir qu'on en oublia un peu de réprimander les deux garçons pour avoir risqué ainsi leur vie. Sauf Arthur qui, comme toujours, en avait long à dire. Quant à Gaston, il restait muet. Il imaginait bien l'ampleur du désastre qui aurait pu se produire. En écoutant ce que chacun avait à raconter, il réalisa combien il était venu près de perdre ses enfants.

En recollant les récits bout à bout, Madeleine prit conscience que les maisons de couleur n'avaient jamais existé. Elle comprit qu'une heure seulement s'était écoulée depuis qu'elle avait ressenti la secousse. Les personnages de ce monde étrange n'avaient donc vécu que dans son subconscient.

Après cette aventure, le retour à la maison fut très joyeux. On avait eu si peur! Madeleine, grisée par tant d'attentions, se sentait flotter comme la vapeur qui montait du sol en cette fin de journée. Arthur l'avait même fait grimper près de lui, sur le siège du passager, invoquant le fait que sa nièce était encore faible et qu'elle avait besoin de confort. Elle en profita pour lui raconter ce qu'elle avait vécu en rêve.

- Ils paraissaient si réels! conclut-elle en soupirant.

- Il semble bien que notre subconscient nous entraîne parfois dans des mondes insoupçonnés... Peut-être es-tu à la recherche de quelque chose... Crois-tu que la famille idéale existe? lança-t-il avec son petit sourire en coin.

- Avant, je pensais que oui, mais plus maintenant. Je croyais aussi que mon frère me détestait, mais il a risqué sa vie pour me sauver. Ça veut dire quelque chose, non?

- Ça veut surtout dire que c'est un parfait inconscient! Mais c'est aussi qu'il tient à toi. Ça, c'est sûr! ajouta Arthur, conscient de la beauté du geste de Laurent malgré sa folle témérité.

Madeleine ferma les yeux. Une douce torpeur commençait à l'envahir lorsqu'elle entendit murmurer son oncle :

- Il est difficile de croire que les gens nous aiment quand ils ne le disent jamais, n'est-ce pas Madeleine ? Pourtant, tu sais, il n'y a pas que les mots qui comptent.

À partir de cet instant, Madeleine sut avec certitude que sa famille l'aimait et elle cessa de se sentir aussi totalement malheureuse.

Les Éditions Scolartek inc.

Le savoir avec
le sourire aux lèvres

Dès le départ, l'équipe de Scolartek s'est donné pour mission de publier des outils didactiques qui répondent aux besoins comme aux exigences des enseignants et des parents certes, mais, d'abord, à ceux des enfants.

L'équipe veut donc favoriser le développement des capacités des jeunes en leur offrant des lectures (colorie-lectures, albums et romans jeunesse), des jeux éducatifs ou des exercices stimulants et enrichissants qui collent à leur réalité.

Chez Scolartek, il est primordial de trouver des façons d'intéresser les jeunes et de les motiver à apprendre.

Pour guider ses réalisations, l'équipe de Scolartek garde à l'esprit qu'**un enfant qui s'amuse en travaillant est un enfant qui développe avec bonheur le goût d'apprendre.**

Imprimé au Canada